D0968466

DISCARDED
From Nashville Public Library

BILLIE B. BROWN

Sally Rippin

ⓑ Bruño

BILLIE B. ES MUY INGENIOSA

Título original: *Billie B Brown*
The Best Project / The Spotty Holiday
© 2011 Sally Rippin
Publicado por primera vez por Hardie Grant Egmont, Australia

© 2015 Grupo Editorial Bruño, S. L.
Juan Ignacio Luca de Tena, 15
28027 Madrid
www.brunolibros.es

Dirección Editorial: Isabel Carril
Coordinación Editorial: Begoña Lozano
Traducción: Pablo Álvarez
Edición: María José Guitián
Ilustración: O'Kif
Diseño de cubierta: Miguel A. Parreño (MAPO DISEÑO)
ISBN: 978-84-696-0372-7
D. legal: M-13929-2015
Printed in Spain

Reservados todos los derechos.
Quedan rigurosamente prohibidas, sin el permiso escrito de los titulares del *copyright,* la reproducción o la transmisión total o parcial de esta obra por cualquier procedimiento mecánico o electrónico, incluyendo la reprografía y el tratamiento informático, y la distribución de ejemplares mediante alquiler o préstamo públicos. Pueden utilizarse citas siempre que se mencione su procedencia.

BiLLie B. BROWN

UNa CiUDaD EN MiNiaTURa

CAPÍTULO 1

Billie B. Brown tiene veintisiete palitos de polo, doce limpiapipas y un bote de pegamento. ¿Sabes qué significa la B que hay entre su nombre y su apellido?

¡Sí, has acertado! Es La B que verás en

TRABAJOS
MANUALES

LIMPIAPIPAS

PEGAMENTO

PALITOS
DE POLO

Hoy Billie está muy ocupada
haciendo unos trabajos
manuales para el colegio.

Su profe estará fuera una
semana, y mientras tanto
una nueva les da clase.
Se trata de la señorita Swan.

La señorita Swan siempre
lleva faldas largas y montones
de pulseras de plata.

Cuando la señorita Swan
camina, sus faldas hacen
«fru, fru, fru», y sus pulseras,
«cling, cling, cling». A Billie
LE ENCANTAN esos ruiditos
y su nueva profe.

La señorita Swan ha decidido
que Billie y sus compañeros
hagan una ciudad en
miniatura. Cada niño
contribuirá con algo hecho
por él, y así construirán entre
todos una preciosa maqueta.

Algunos niños van a hacer cosas aburridas, como hospitales o colegios, pero Billie, no. Billie ha pensado en hacer UNA TORRE ENORME.

Sin embargo, tiene un montón de problemas para conseguir que su torre se mantenga en pie. Tiembla y se bambolea, y luego se desmorona. BILLIE SE ESTÁ ENFADANDO.

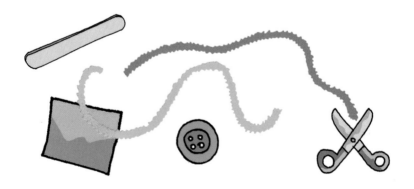

—¡Estúpida torre! —grita,
y tira el bote de pegamento
contra la pared.

—¡Billie, en esta casa no
se lanzan las cosas! —la riñe
su madre.

—¿Por qué no haces algo más
sencillo? —sugiere su padre—.
Podrías usar una caja, como
Jack.

Jack es el mejor amigo
de Billie. Billie y Jack viven
puerta con puerta y son
amigos desde pequeños.
Billie y Jack siempre están
juntos, hasta en clase.

Jack acabó
su trabajo
ayer.
Con una
caja ha
hecho una casa con
puertas y ventanas
que se abren
y se cierran.

Pero a Billie hacer una casa le
parece aBURRiDO... Ella quiere
hace una torre maravillosa,
y está tan eNFaDaDa porque
no le sale, que la cabeza
le echa humo.

—¡Odio este estúpido trabajo!
¡No conseguiré tener la torre
lista para mañana! —grita,
y corre escaleras arriba y se
tira en plancha sobre la cama.

Capítulo 2

Poco después, el padre de Billie entra en el cuarto de su hija.

—Vamos, Billie, te ayudaré a construir la torre —le dice, acariciándole la cabeza—. Solo necesitas un pegamento más fuerte.

—Vale —responde la niña un poco gruñona, aunque en el fondo se siente mejor.

Una vez abajo, los dos se ponen manos a la obra.

Billie sujeta los palos y su padre
los pega.

Enseguida acaban la torre.
¡Ha quedado genial! Billie
se siente muy ORGULLOSA.
Está segura de que será
el mejor trabajo de la clase.

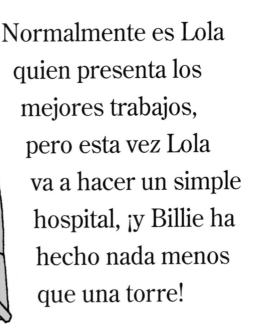

Normalmente es Lola
quien presenta los
mejores trabajos,
pero esta vez Lola
va a hacer un simple
hospital, ¡y Billie ha
hecho nada menos
que una torre!

Billie confía en que a la señorita
Swan le encante su torre.

De hecho, espera que
la coloque en el centro
de la ciudad.

—¡Qué torre tan bonita, Billie!
—exclama su madre cuando
la ve—. Deberías ponerla en la
mesa del salón si no quieres
que caiga en manos de Tom.

Billie frunce el ceño.
A veces, los bebés son una lata.
Sobre todo cuando empiezan
a gatear.

¡Su hermanito
Tom, por ejemplo,
se sube a todas partes!

—De momento no puedo
mover la torre —contesta
Billie—. Tiene que secarse.

—Bueno, pues mientras tanto,
prepárate para acostarte —dice
su padre—. Luego, vuelves y
cambias la torre de sitio. Ya
estará seca para entonces.

—Vale —contesta
Billie, bostezando.

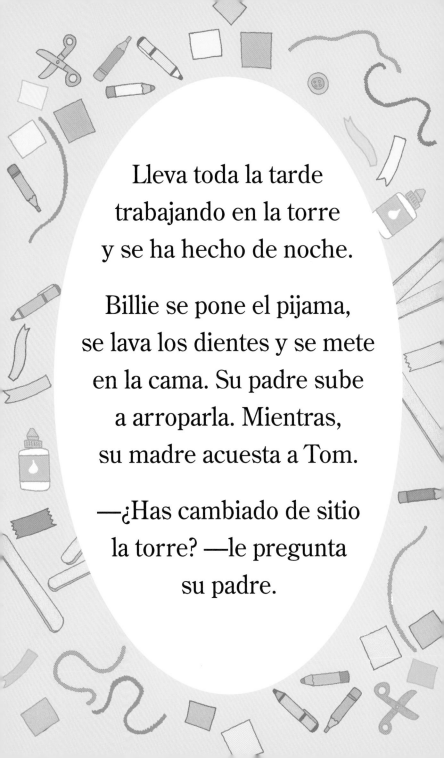

Lleva toda la tarde
trabajando en la torre
y se ha hecho de noche.

Billie se pone el pijama,
se lava los dientes y se mete
en la cama. Su padre sube
a arroparla. Mientras,
su madre acuesta a Tom.

—¿Has cambiado de sitio
la torre? —le pregunta
su padre.

—¡Ay, no! Ahora mismo voy —responde Billie, que baja rápidamente al salón.

Coge la torre, pero la sigue notando bastante endeble, así que piensa que es mejor no moverla.

Podría romperse otra vez, y Billie no quiere arriesgarse.

Le ha costado mucho hacerla y no se puede permitir ningún fallo.

Por tanto, decide volver más tarde para cambiarla de sitio. Bajará las escaleras sigilosamente después de que su padre le haya leído un cuento.

Su padre la ayuda a meterse en la cama, coge un libro lleno de dibujos preciosos y se sienta a su lado.

Le lee la historia de una niña que vive en París. Y le explica a Billie que París es una gran ciudad de Francia, ¡la capital de ese país!

La protagonista del libro, que se llama Mimí, lleva a su perro de paseo por un parque lleno de estatuas, esculturas y fuentes.

A Billie le encanta ese libro. ¡Y le CHIFLARÍA ir a París!

Billie se queda dormida y sueña con la maravillosa

ciudad que su clase va a construir con la señorita Swan.

Pero, oh-oh… A Billie se le ha olvidado hacer algo muy importante.

¿Recuerdas qué es?

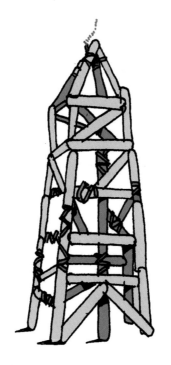

Capítulo 3

A la mañana siguiente, a Billie le cuesta levantarse.

—¡Billie! —la llama su madre—. Date prisa y baja a desayunar. ¡Vas a llegar tarde al colegio!

Billie tiene MUCHÍSIMO SUEÑO. Se viste y baja a la cocina. Su padre le echa un poco de leche sobre los cereales, pero de repente se para.

Con una expresión
extraña en la cara,
muy despacito,
le pregunta a su hija:

—Billie, ¿anoche cambiaste
de sitio tu supertorre?
¿La dejaste en la mesa
del salón? ¿O quizá
se te olvidó?

Billie, horrorizada, se vuelve
sin levantarse de la silla, mira
hacia abajo y ve…

Sí, ve que su hermanito
está gateando por el suelo
de la cocina.

Ve que sonríe de oreja a oreja.

Y ve que en una mano lleva
un palito de polo y varios
limpiapipas…

—¡Oh, no! —gritan Billie
y su padre al mismo tiempo.

Billie corre al salón.
¡Hay palitos y limpiapipas
por todas partes, y una especie
de montaña deforme!
¡Qué desastre!

La niña vuelve a
la cocina SUPER-
MEGAENFADADA
y le grita a su
hermano:

—¡Tom! ¡Has
destrozado mi torre!

El pobre Tom, del susto,
empieza a llorar.

—Billie, lo siento muchísimo,
pero ¡te habíamos dicho que la
cambiaras de sitio! —exclama
su padre—. Tom es demasiado
pequeño para saber que no
debe tocar tus cosas.

Billie clava los ojos
en el suelo. Está MUY
ENFaDaDa, aunque no quería
hacer llorar a su hermanito.

Le da un abrazo, pero el niño
no para de llorar.

¡BUAAA!
¡BUUAAA!
¡BUAAA!

El padre de Billie le pone a su
hija una mano en el hombro
y le pregunta:

—¿Qué te parece si intentamos
arreglarla con pegamento,
cariño?

Pero Billie niega con la cabeza.
No se secaría a tiempo…

¡Hoy es el día, hoy van
a montar la ciudad en clase!

A Billie se le tiene que ocurrir alguna otra cosa, ¡y rápido!

¿Qué puede hacer? ¿Qué puede hacer?

En ese momento, Tom, que ya ha dejado de llorar, abre una manita y se la enseña a su hermana.

Dentro tiene dos limpiapipas
enredados, uno rojo y otro
verde. A Billie le recuerdan
a algo…

¡Justo entonces Billie tiene una
idea! ¡Una idea SUPERCHULA!
¿Te imaginas qué
puede ser?

—¡Gracias, Tom! —exclama, y luego sale corriendo hacia el salón—. Enseguida vuelvo, papá. ¡Solo tardaré cinco minutos!

Bueno, ¿cuál crees que es el plan?

Capítulo 4

Poco después, Billie entra
en la cocina. En los brazos
lleva algo cubierto con un paño.

—¿Esa es tu torre? —le pregunta
Jack, que acaba de llegar.

Todas las mañanas, Jack
va a buscar a Billie a su casa
para ir juntos al colegio.

—No —responde Billie—.
Al final he hecho algo diferente.

—¿Qué es? —le pregunta
su amigo, MUY INTRIGADO.

—¡Es una SORPRESA!
—responde Billie—. Te lo
enseñaré cuando lleguemos
a clase, ¿vale?

Billie sonríe de oreja a oreja,
aunque en realidad tiene un
nudo en el estómago.

¿Y si a la señorita Swan no
le gusta su trabajo? ¿Y si toda
la clase se ríe de ella?

—Bueno, chicos —dice
su padre—. Hoy vamos
al cole en coche porque si no,
llegaremos tarde.

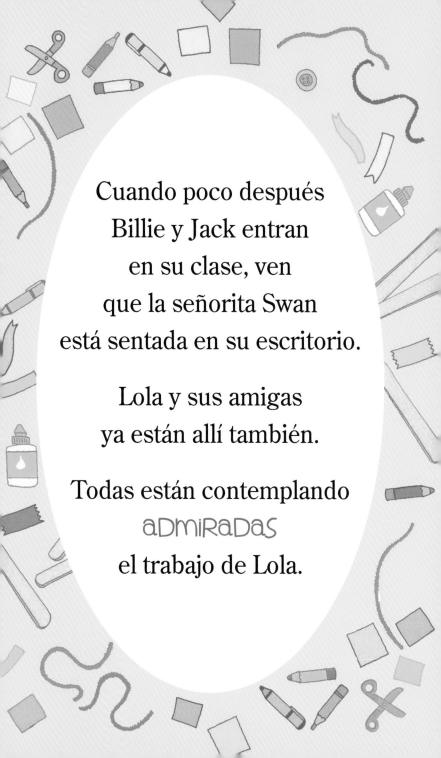

Cuando poco después
Billie y Jack entran
en su clase, ven
que la señorita Swan
está sentada en su escritorio.

Lola y sus amigas
ya están allí también.

Todas están contemplando
ADMIRADAS
el trabajo de Lola.

Con una gran caja de cartón,
Lola ha hecho un hospital.

¡Es increíble! Tiene un letrero
enorme, escaleras y una rampa
de entrada. Y si se mira a
través de las ventanitas, se ven
camas que son cajas de cerillas
y gente hecha con limpiapipas.

La verdad es que es perfecto,
como Lola. Pero ¡Billie no se
rinde!

Con el corazón acelerado,
Billie coloca su trabajo sobre
su pupitre. Quita el paño
de cocina y debajo aparece…

Pues debajo aparece una cosa
extrañísima, hecha con
limpiapipas retorcidos
y palitos de helado.

Jack se queda muy
SORPRENDIDO. «Córcholis,
¿qué será eso?», piensa, pero
no dice nada.

Lola se vuelve y, al ver el
trabajo de Billie, se echa a reír.

—¿Qué es eso, Billie? Qué cosa más rara, ¿no? —comenta.

Las amigas de Lola lanzan risitas tontas a coro.

Pero Billie no da importancia a esos comentarios, sonríe y contesta:

—¡Es una escultura! —replica, entusiasmada.

Billie espera que la señorita Swan la esté escuchando.

Y parece que sí, porque
la profe se levanta y avanza
hacia ella. Su falda hace
«fru, fru, fru» cuando camina.

Billie contiene el aliento…
El corazón le da saltos…

—¡Una escultura! ¡Qué idea
tan maravillosa! ¡Me encanta!
—exclama la señorita Swan.

La profesora se pone
a aplaudir, y sus pulseras
hacen «cling, cling, cling».

Billie sonríe. Está tan
orgullosa que casi revienta.

—Gracias, señorita Swan.
Saqué la idea de un libro sobre
París. ¡En París hay esculturas
por todas partes!

—Tienes razón, Billie —dice
la profe—. Todas
las ciudades
necesitan
arte.
¡Vamos
a poner
tu escultura
justo en el
centro de
nuestra ciudad!

La señorita Swan se inclina sobre la curiosa escultura de Billie para verla más de cerca mientras Lola observa la escena frunciendo el ceño.

—Te habrá llevado siglos hacerla, ¿no? —dice la profesora—. ¿Te ha ayudado alguien?

—Hum…, la verdad es que sí —Billie mira a Jack, sonríe y añade—: ¡Me ayudó mi hermanito!

BILLIE B. BROWN

VACACIONES CON GRANOS

Capítulo 1

Billie B. Brown tiene una bolsa
de caramelos, doce lápices
de colores y una maleta
con ruedas nuevecita.
¿Sabes lo que significa la B
que hay entre su nombre
y su apellido?

Pues sí, has acertado, es la B
que hay en la palabra

NUBES

LÀPICES
DE COLORES

¡MALETA
NUEVECITA!

bOLSA DE
CARAMELOS

¡Por primera vez, Billie va
a viajar en avión! ¡Va a ver
las nubes de cerca!

Billie está tan emocionada que
no para de dar brincos. ¡Parece
un conejito! Está así no solo
por el viaje, sino, sobre todo,
porque va a pasar una semana
con su abuela. Y BILLie
QUIeRe MUCHÍSIMO
a SU abUeLa.

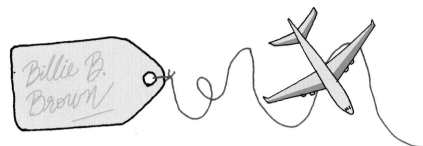

La abuela vive en una ciudad
muy lejana, tanto que no se
puede ir en coche. Por eso,
Billie y ella se van a ir en avión.
¡Qué chulada!

Una vez a bordo, la abuela deja
que Billie se siente junto
a la ventanilla, que es pequeña
y redondita. A Billie le hace
mucha gracia porque parece
de juguete.

La niña está como loca:
no para de preguntarles cosas
a las azafatas y quiere tocar
todos los botones, oír música,
ver una película…

Billie está tan nerviosa
que se come todos
los caramelos
antes incluso
de que
el avión
despegue.

—Cariño, ¿qué tal si te pones a dibujar o a leer un libro? —le sugiere su abuela.

Pero Billie está demasiado EMOCIONADA como para dibujar o leer. ¡Lleva semanas contando los días que faltaban para el viaje!

Cuando finalmente despegan, BiLLie SieNTe UNa CoSa MUY RaRa eN eL estómago. Además, el avión se mueve muy deprisa y hace mucho ruido. Billie está un poquito asustada. Echa un vistazo por la ventanilla. Abajo, los coches y las casas se van haciendo cada vez más pequeños.

Billie nunca ha visto nada tan maravilloso. ¡Parece el país de las hormigas! ¡O de los enanitos! ¡O, mejor aún, de las HaDaS!

Ya no está asustada, pero, de pronto, cuando atraviesan unas nubes negras, el avión se mueve como una batidora. Billie aprieta la mano de su abuela con cara de angustia.

Sin embargo, el susto pasa
pronto y Billie saca la lista
de todas las cosas divertidas
que va a hacer en casa
de su abuela.

Billie está impaciente por
llegar. ¡Tiene tantos planes!

Capítulo 2

Cuando llegan al apartamento
de la abuela, ya es de noche.

Billie está muy cansada.
La abuela la acomoda
en un sillón cama que hay
en el salón.

Aunque las sábanas están
limpitas y huelen muy bien,
Billie siente calor y picores.
Además, le duele
un poco la tripa.

—Probablemente sea por
la emoción, cariño —dice la
abuela, dándole un beso
de buenas noches—. Mañana
te encontrarás mejor.

La abuela apaga la luz y la deja
sola, pero a Billie le cuesta
un montón dormirse.

Ese apartamento da bastante
miedito de noche. Todo es
desconocido, y el tráfico
de la calle hace mucho ruido.

Además, Billie nota
cada vez más calor
y más picores.
¡No se le pasan! Pero al final
se duerme, y cuando se
despierta a la mañana
siguiente, ve en el espejo
colgado de la pared que está
llena de granos rosas.
¡Qué cosa más rara!

¿Sabes tú lo que
significan
esos granitos?

—¡Tienes varicela, Billie! —exclama la abuela, MUY SORPRENDIDA, cuando la ve.

—¿Varicela? —pregunta Billie.

—Sin duda. Por suerte, yo ya la he pasado y no la volveré a coger. Pero si no queremos que contagies a otros niños, tendrás que quedarte en casa hasta que estés mejor.

—Pero ¿qué pasa con el zoo? —pregunta Billie con voz entrecortada—. ¿Y con el cine? ¿Y con mis zapatos nuevos?

Enormes lagrimones ruedan
por las mejillas llenas
de granos de Billie.

—Lo siento, pero no puedes
salir de casa, cariño —contesta
la abuela—. ¿Y si sacas tu
cuaderno y tus lápices?
Te traeré el desayuno a la
cama. ¿Quieres una tostada?

—¿Con plátano? —replica
la niña mientras se seca
las lágrimas.

—¡Por supuesto! —responde
la abuela.

En cuanto Billie acaba de
desayunar, llama por teléfono
a sus padres y les cuenta
lo de la varicela.

—Pues… ¿sabes qué?
—le dice su madre—. ¡Tu
hermanito también la tiene!

Billie se ríe. ¡Le hace mucha gracia imaginarse a Tom todo lleno de granos!

Una vez Billie se ha despedido de sus padres y de su hermano, vuelve a meterse en la cama y saca papel y lápices. Pero no se le ocurre qué dibujar. Le Pica todo el cuerpo y tiene ganas de Rascarse.

Sin embargo, la abuela dice que no debe rascarse para que no queden cicatrices.

Billie suspira. Le gustaría salir
al parque, ir de tiendas y al zoo.
Con la cantidad de cosas
divertidas que había escrito en
su lista, y ahora resulta que no
puede hacer nada… ¡Qué horror!

Pero, de repente, a Billie
se le ocurre
una idea.
¡Una idea
de las buenas!

CAPÍTULO 3

—Eh, abuela —grita Billie—.
¡Ya puedes entrar!

La abuela entra en el salón
y exclama:

—¡Vaya, Billie, esto es genial!

Billie se ríe. La abuela tiene
razón. El salón está… Bueno,
ya no parece un salón. Billie
ha estado toda la mañana
dibujando animales del zoo
y luego ha pegado los dibujos
por todas partes.

Incluso ha colocado algunos de los muebles de la abuela de tal forma que parecen jaulas. ¡Ahora el salón es igualito a un zoo!

La abuela y Billie se dan un paseo para ver a los animales.

—¡Cuidado con ese de ahí! —exclama Billie, señalando a su osito de peluche, que está dentro de la cesta de la colada—. ¡Es un oso MUY FEROZ!

La abuela finge asustarse y Billie se ríe.

Después de ver a todos los animales, la abuela prepara unos sándwiches y las dos se sientan en la alfombra para comérselos.

—¿Y si ahora vamos a la heladería? —pregunta la abuela.

—¡¡Sííííí!! —responde Billie, y sigue a su abuela a la cocina.

La abuela finge ser la dependienta de la heladería. Le pasa a Billie un tazón con helado de vainilla y Billie le paga con dinero de mentira.

A continuación, la abuela saca virutas de chocolate, mantequilla de cacahuete, sirope de arce, galletitas y fideos de colores.

—¿Querría usted ponerle a su helado algo de esto, señora? —dice la abuela con voz ridícula.

—¿Puedo echarme alguna de esas cosas tan ricas por encima? —replica Billie.

—¡Por supuesto! —responde
la abuela.

Billie sonríe.

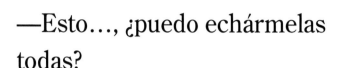

—Esto…, ¿puedo echármelas
todas?

—Como quieras, cariño
—contesta la abuela, riéndose.

Billie le echa todo
lo que hay
al helado,
convirtiéndolo
en un
pegote
pegajoso.

¡Delicioso! Estas vacaciones están siendo mucho más divertidas de lo que pensaba…

Esa noche, después de bañarse, la abuela le echa una pomada sobre los granos para que dejen de picarle.

Los granos están rojos y a la niña le pican más que nunca. Pero Billie se está portando muy bien: no se los rasca jamás.

Cuando la abuela ha acabado, Billie se mete en la cama de un salto y saca su lista.

Rápidamente tacha «Zoo».
¿Qué es lo siguiente?
«Comprar zapatos nuevos».

¡Ay, madre! ¿Cómo van a ir
a comprar zapatos si Billie
no puede salir de casa? Pero
entonces a Billie se le ocurre
otra idea. Otra idea
SUPERCHULA. ¡Incluso MEJOR
que la anterior!

¿Adivinas de qué
se trata?

Capítulo 4

A la mañana siguiente, Billie se levanta temprano. ¡Hay tantas cosas que hacer!

—¿Qué plan tenemos hoy? —pregunta la abuela mientras desayunan.

—¡Vamos a comprar zapatos! —contesta Billie.

—Perfecto —dice la abuela—. ¡Me encanta ir a comprar zapatos!

Cuando terminan
de desayunar, las dos
entran en el dormitorio
de la abuela. La abuela saca
todos sus zapatos del armario
y los deja por el suelo.
Hay botas, sandalias, zuecos,
zapatos planos, zapatos de
tacón… Billie se los prueba
absolutamente todos,
sin olvidarse
de ninguno.

Hasta que por fin Billie encuentra los zapatos perfectos.

Son rosas, justo del mismo color que su camiseta.

Le quedan bastante grandes, pero a ella le da igual. ¡Son preciosos! ¡Hasta tienen un lazo!

Billie y la abuela le pagan al señor Fred, que hace de dependiente. Y Billie tacha «Comprar zapatos nuevos» de su lista.

—¿Y ahora qué? —pregunta la abuela.

—Vamos al cine —responde Billie.

—Hum… De acuerdo —dice la abuela—. ¿Qué te parece si le pedimos a mi vecino que nos traiga unas películas? ¡Y hacemos palomitas!

—¡Sííííí! —contesta Billie, dando brincos de EMOCIÓN.

—¡Me alegro de que sigas siendo la Billie pizpireta de siempre! ¡Aunque tengas varicela!

Con un trozo de cartulina,
Billie hace dos entradas, una
para la abuela y otra para ella.
Luego, echa las cortinas del
salón para que quede
completamente a oscuras.
¡Como en el cine!

Cuando todo está listo, ayuda
a la abuela a hacer palomitas.
A Billie le encanta ver cómo
saltan.

¡POP, POP,
POP!

Billie y la abuela
pasan toda la semana
en casa, pero la niña
no se aburre en ningún
momento.

Una mañana, Billie hace
un parque de atracciones con
cojines, y una noche consigue
que la abuela le deje montar
un parque acuático
en la bañera. ¡Lo pone
todo perdido, pero
se lo pasa pipa!

Poco a poco, los granos
de Billie van desapareciendo,
hasta que el último día de
vacaciones, la niña por fin
puede salir a la calle. Es una
suerte, porque justo ese día la
abuela y ella tienen que coger
el avión de vuelta a casa.

¡Qué bien, Billie va a volar
de nuevo! ¡YUJU!

Billie y su abuela llegan
al aeropuerto con sus maletas
y enseguida suben al avión,
que es blanco y enorme.

En cuanto se sienta, Billie se
pone a toquetear los botones
que hay en el reposabrazos
de su asiento. Por error pulsa
el que avisa a la azafata,
que aparece enseguida.

—¡Uy! Lo siento,
he llamado sin querer
—se disculpa Billie.

—No pasa nada, cariño
—contesta la azafata,
que sonríe a Billie
y a su abuela—.
¿Estás de vacaciones
con la abuela?

—Sí —responde Billie—. Pero me dio la varicela y no he podido salir de casa. ¡Llevamos encerradas toda la semana!

—Vaya, qué pena —dice la azafata—. Habrán sido unas vacaciones muy aburridas...

—¡Qué va, me lo he pasado genial! —replica Billie, ᴇɴᴛᴜsɪᴀsᴍᴀᴅᴀ—. Hemos ido al zoo, me he comprado unos zapatos preciosos y he estado en el cine, en la heladería ¡y hasta en el parque de atracciones!

—¿En el parque de atracciones? —sᴇ ᴇxᴛʀᴀña la azafata—. Pero ¿no os habíais quedado en casa?

—Sí, hemos pasado una semana en casa, ¡y han sido las mejores vacaciones de mi vida!

La azafata se queda MUY SORPRENDIDA y mira a Billie como si estuviera un poquito loca. Pero Billie y la abuela se cogen de la mano, se miran y se ríen por lo bajinis...

Billie B. Brown

BILLIE B. BROWN

✳ ÍNDICE ✳

¡Si te Han gustado
las aventuras
de Billie B. Brown,
no te pierdas los demás
libros de la colección!